むかしむかし、あしがらやまの やまおくに、やまんばが ひとりで すんでいました。

Long, long time ago Yamanba lived alone in a mountain.

あるあらしのよる、かみなりが やまんばのいえに おちました。
ゴロゴロゴロゴロ!

One stormy night, lightning struck her house.
Kaboom!

すると、やまんばの おなかは どんどん おおきくなり、なんと おとこのこが うまれました。
やまんばは とても よろこび、おとこのこに きんたろうと なまえを つけました。

Then, Yamanba's belly became bigger and bigger, and at last she had a boy.
Yamanba was very happy and she named him Kintaro.

きんたろうは、とても ちからもち！
いつも どうぶつたちと なかよく くらしていました。

Kintaro was very strong!
He lived with his animal friends peacefully.

はっけよい、のこった！

Get set. Fight!

はっけよい、のこった!
Get set. Fight!

はっけよい、のこった！

Get set. Fight!

きは となりのやまのほうへ たおれ、なんと、はしになりました。

The tree fell down towards the next mountain, and it became a bridge!

「よし、みんなで はしをわたろう」
「ありがとう、きんたろう」
みんなは きんたろうが つくった はしを わたることにしました。

"OK! Let's cross the bridge!"
"Thank you, Kin!"
They crossed the bridge made by Kintaro.

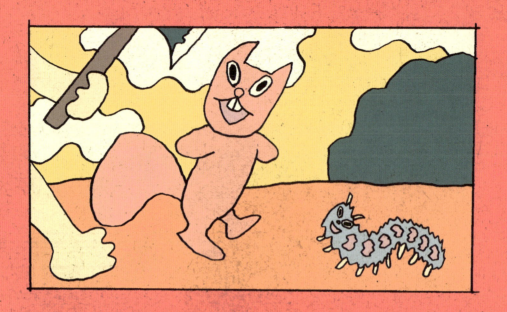

おや、ちいさなけむしが でてきました。

Oh, Small Caterpillar came out.

「みんな きをつけて、ふんじゃ ダメだよ」
きんたろうは だれにでも やさしくて ちからもち!

"Hey everybody, be careful! Don't step on him."
Kintaro was kind and gentle to everyone.

ARIGATO KINTARO!

「すもラで しょラぶをしましょラ!」
きんたろラは くまと すもラを とるこ とにしました。

"Let's have a sumo fight!"
Kintaro decided to take sumo with Big Bear.

はっけよい、のこった！のこった！のこった！

Get set. Fight! Fight!

「まいった〜！このやまは きんたろラに あげちゃラ」

"I give up! And I give you this mountain!"

「そんなことより みんなで なかよくしよう」

"I don't need it. Instead, let's be friends!"

はっけよい、のこった！
のこった！のこった！のこった！のこった！

Get set.
Fight! Fight, fight! Fight and fight!

どひょうも じめんも ないので、けっちゃくが つきません。
でも、きんたろうは こいと なかよしに なりました。さあ、そろそろ かえりましょう。

There was no ring or ground, so it was not settled! But, Kintaro became good friends with Huge Carp.
Now, it's about time to go home.

かえりみち、きんたろうがつくった はしで たぬきが あしをすべらせて おちてしまいました。
「だれか たすけて〜!!」

On the way back, Silly Raccoon slipped and fell from the bridge made by Kintaro.
"Somebody, help me!!"

すると、たにぞこの かわに さっきの こいが あらわれました。
「だいじょうぶか〜い」

Then Huge Carp came to the river at the bottom of the valley.
"Are you okay!?"

「きみが きんたろうくんかい?」
うわさを ききつけた おさむらいさんが いえで まっていました。
「わたしと いっしょに おにたいじに いかないか?」

"Are you Kintaro?" Samurai, who heard the rumor, was waiting at home.
"Won't you go beat the Demons with me?"

-CAST-

Kintaro	きんたろう
Yamanba	やまんば
The Masakari Ax	まさかり
Referee Rabit	うさぎ
Fox Man	きつね
Brother Monkey	さる
Little Squirrel	りす
Big Bear	くま
Small Caterpillar	けむし
Huge Carp	こい
Silly Raccoon	たぬき
...and his Animal Friends	どうぶつたち
Samurai	みなもとの らいこう

-STAFF-

-ILLUSTRATION-

Kentaro Okawara	おおかわら けんたろう

-DIRECTION-

Takahito Hirata	ひらた たかひと
Yohei Ishimaru	いしまる ようへい

-ENGLISH-

Marie	まりえ

ORIGAMISUMO 折紙相撲

HOW TO MAKE / つくりかた

1
2
3
4
5
6
7
8
9
10
11
12

大河原 健太郎

1989年生まれ 東京都出身、在住。
東京工芸大学藝術学部卒業。

主に愛をテーマに、自身の感情から沸き起こる様々な色やモチーフを用い、
型にとらわれない自由な表現でペインティングや立体作品を制作し日本国内外で発表。

幼少期の祖母との絵葉書のやりとりにルーツを持つ。

Kentaro Okawara

Kentaro Okawara (born 1989) is a painter and sculptor based in Tokyo, Japan.

Graduated from the College of Arts, Tokyo Polytechnic University.

**Okawara creates paintings and 3D objects inspired by his postcard exchange
with his grandmother during his childhood.**

**Okawara's carefree work, under the theme of love,
features various colors and motifs evoked from a stream of consciousness.**

きんたろう　　　　　　　　　　　　　　　　　　　　　　　　　ISBN978-4-908749-10-0

絵　大河原 健太郎

2018 年 5月 5日 「こどもの日」第1刷

発行　TANG DENG 株式会社 / POO POO BOOKS　〒151-0064 東京都渋谷区上原 1-32-18-3F

電話　03-4405-9346

KINTARO by Kentaro Okawara
2018. 5. 5 "Children's Day" 1st impression
Originally published by TANG DENG CO., LTD. / POO POO BOOKS, Tokyo, 2018　　　　Printed in Japan

www.tangdeng.tokyo　www.poopoobooks.club　kentaro0308.com